Gel(i)ebte Momente in Bildern und Prosa

Zum 90ten Geburtstag von unserem Vater und Opa

Kurt Köhler

Impressum

Standardvermerk der deutschen Nationalbibliothek:

Gel(i)ebte Momente in Bildern und Prosa

Copyright: 2008 Renate Seitz

Herstellung und Verlag:
Books on Demand GmbH, Norderstedt

ISBN-13: 9783837046861

Vorwort / Widmung

In diesem kleinen Buch haben wir versucht, 90 Jahre zusammen zu führen. 90 Jahre von Kurt Köhler, geboren am 17.3.1918 in Suhl/Thüringen.

Der 2. Weltkrieg führte ihn als Soldat nach Langen. Hier lernte er seine spätere Frau, Klara Sehring, kennen und lieben (Original-Zitat von ihm: „Das war das einzig Gute an diesem furchtbaren Krieg"). Sie heirateten 1941, noch während des Krieges, in der Stadtkirche in Langen. 1942 kam der 1. Sohn, Lothar, zur Welt.

Trotz Einsatz an der russischen Front in Finnland und anschließender Gefangenschaft überlebte er die Kriegsjahre. 1945 konnte er zu seiner Familie zurückkehren. 1949 wurde der 2. Sohn, Hans Peter, geboren.

Nach den anfänglichen Wirren der Nachkriegszeit führte er erfolgreich mit seiner Frau Klara ein Lebensmittelgeschäft in der Wassergasse in Langen, bis ins hohe Alter.

1998, am Heiligabend, starb seine geliebte Frau Klara.

Kurt Köhler feiert mit Kindern, Kindeskindern und Freunden am 17.3.2008 seinen 90. Geburtstag.

Er hat in seinem Leben immer wieder zur Feder gegriffen und Gedichte geschrieben. Wir dachten, diese Gedichte und auch die Bilder zum Leben von Kurt Köhler, unserem Vater, dürfen nicht in der Schublade vergessen werden.

Renate und Hans Peter

90 Jahre

Ein kleiner Gedichtband, schön gebunden in Leder,
mit Deinen und uns'ren Versen, das hat nicht jeder.
Wir danken Dir damit für alles, was Du geleistet,
Höhen und Tiefen im Leben, Du hast sie gemeistert.

Nun runden sich Deine Jahre, nun steht da eine „9",
mit Gottes Segen wollen wir alle uns mit Dir freu'n.
Ein besond'rer, ein schöner Tag soll dies heute sein,
mit Familie, Freunden und einem Gläschen Wein.

Die letzten Jahre, ohne Deinen „Molk" waren schwer,
wir fragen uns, wo nahmst Du Deine Kraft oft her.
Operationen, Tabletten, Schmerzen, leidvolle Zeiten,
wir konnten mitfühlen, mitkämpfen und Dich begleiten.

Doch das tiefe Tal konntest nur Du allein überwinden,
manchmal sahen wir auch Deine Kräfte schwinden.
Doch Du hast gekämpft, wie immer in Deinem Leben
Du hast Leid überwunden im Gebet, mit Gottes Segen.

Gedichte und Verse haben Dich früh schon begeistert,
ein Büchlein haben wir daraus „zusammengekleistert".
vielleicht freut es Dich, vielleicht schaust Du zurück,
an Stationen im Leben, an Trauer, Freude und Glück.

Wir wünschen, daß morgens golden die Sonne scheint,
daß für Dich sich Erinnerung und Heute friedvoll vereint,
daß Deine Tage sich füllen mit Ruhe und Dankbarkeit,
abends Mond und Sterne machen Dein Herz ganz weit.

Wir wünschen, daß Dein Schlaf für Dich erholsam ist,
daß Deine Jahre nicht drücken, Du nicht alleine bist.
Wir wünschen Dir Freude, Frieden und Gottes Segen,
er wird Dich sicher weiter geleiten auf Deinen Wegen.

Suhl

Wohl gibt es hier auf dieser Erde
Manch' schönen Fleck, manch schöne Stadt,
Doch hat für mich die meisten Werte
Die Stadt, die mich geboren hat.

Mein liebes Suhl, du meine Heimat;
Hier schaute ich zum ersten Mal
Die ew'ge Sonne, Mond und Sternsaat
Und auch das große Weltenall.

Hier lernte ich die ersten Schritte,
Hier hörte ich den ersten Laut;
Die Heimatsprache und die Sitte,
Sie wurden hier mit mir vertraut.

In dir, du Stadt, umrahmt von Bergen,
umgeben mit der Wälder Grün,
In dir mit deinen großen Werken
Soll einst mein Lebensglück erblüh'n.

Welch' eine Wonne ist's zu wandern
Durch deine Fluren, Wälder, Au'n,
Wohl selten kann im deutschen Lande
Das Auge etwas Schön'res schau'n.

Die würz'ge Luft von deinen Tannen
Erfrischt so manches kranke Herz,
Manch Einer lässt vom Wald sich bannen
Und lindert seinen großen Schmerz.

Und sollt' ich in der Ferne weilen,
Vergessen werde ich dich nie,
Zurück zu dir werd' ich stets eilen,
Dies ist mein Grundsatz spät und früh.

Und ist vorbei einst hier mein Wandern,
Und hört mein Herz zu schlagen auf,
So zieh' ich hin zum Liebeslande
Und lenk' zum Himmel meinen Lauf.

Doch eh' ich meine Augen schließe,
Werd' ich den letzten Blick Dir weih'n,
Noch einmal werde ich dich schauen,
Noch einmal dich, du Heimat mein.

Kurt

Heimat

Auf einsamen Waldwegen schreit ich dahin,
Umgeben vom Rauschen des Tann,
Die Vögel zwitschern, die Sonne lacht,
Die Natur hält mich in ihrem Bann.

Hinauf zur Höhe strebe ich
Zum schönen Ottilienstein,
Tief drunten liegt die Heimatstadt,
Und alles erscheint so klein.

Weit schweift mein Blick über's Thüringerland,
Über die Heimat mein,
Wie mag wohl an des Leben's Grenzen
Erst der Blick ins Jenseits sein?

Und weiter geh' ich den Weg entlang,
Ergriffen von all dem Schönen,
Mein Herz in der Brust, es schlägt so bang,
Ich fühle ein großes Sehnen.

Zu meinem Schöpfer, dem großen Gott,
Der all das hat erschaffen,
Und der nur hier zu finden ist,
Und nicht bei Pabst und Pfaffen.

Kurt

Freuden im Sommer

Wer von uns freut sich nicht auf Urlaub,
Wer möchte denn nicht gerne fort?
Es wird wohl selten jemand geben,
Der bleiben will an einem Ort.

Kaum ist der Lenz in's Land gezogen,
Kaum sind die ersten Blumen da,
Da schultert man auch schon den Rucksack
Und in die Flur geht's mit „Hurra".

Oh ist das eine Lust zu wandern
Im schönen, hellen Sonnenschein.
Die Vöglein zwitschern in dem Walde
Und laden uns zum Singen ein.

Und ist man dann auf hohem Berge,
So schauet man hinab in's Tal.
Die Menschen sehen aus wie Zwerge,
Man möchte jauchzen hundertmal.

Die Sonne steiget täglich höher,
Bis sie den höchsten Stand erreicht.
Und König Sommer kommt gezogen,
In Freud' und Wonne unerreicht.

Wer will da noch zu Hause bleiben,
Jetzt, wo die Sonne herrlich lacht?
„ Hinaus zur Ferne" heißt der Leitspruch,
„Hinaus in diese große Pracht".

Den einen zieht's zum kühlen Bade,
Den andern lockt der grüne Wald.
Ein jeder sucht sich zu erholen,
Ein jeder Mensch, ob jung, ob alt.

Nun ist es einmal so im Leben.
Die schönen Stunden schnell vergeh'n.
Bald muß man seine Sachen packen,
Und wieder heim zu Muttern zieh'n.

Doch kommt dann erst der große Urlaub,
Dann geht's hinein in's schöne Land.
Zu Fuß, per Rad, mit Kraft und Freude
Erlebt man nun so allerhand.

Der eine steigt auf hohe Berge
Und sieht die Welt von oben an.
Der andere tummelt sich im Bade
Und schwimmet gegen Wellen an.

Doch schnell enteilen diese Tage.
Die Ferien sind bald vorbei.
Der Alltag ruft mit aller Plage
Und heimwärts geht's nun, eins, zwei, drei.

Kurt

Feierabend

Zu letzten Mal für heute
Heult die Sirene auf,
Weit öffnen sich die Tore,
Aus ist des Werktags Lauf.

Ein Strom von Arbeitsmenschen
Ergießt sich bald daraus,
Hell strahlen die Gesichter,
Es geht ja nun nach Haus.

Bald sitzt man dann im Kreise
Daheim bei Weib und Kind
Und freut sich dieser Stunden,
Die oft zu kurz nur sind.

Weit schweifen die Gedanken
 Zu Urlaub, Reisen, Sport,
Oh wär' der Tag gekommen,
An dem man könnte fort.

So denket nun ein Jeder
Sich seine Wünsche aus,
Doch schnell vergeh'n die Stunden,
Man hält den Abendschmaus.

Und dann legt man sich nieder
Zu einem guten Schlaf',
Und überdenkt noch einmal
Das Werk von diesem Tag

Und friedlich, ohne Sorgen,
So schlummert man dann ein.
Und frisch am andern Morgen,
Geht's in den Tag hinein.

Abendfrieden

Hinter'm Berg versinkt die Sonne
Und zu Ende geht der Tag,
Friede legt sich über alles
Und zu Ende ist die Plag'.

Leise sinkt die Nacht hernieder,
Breitet ihre Flügel aus
Über Gutes, über Böses,
Alles Wirken löscht sie aus.

Nur der Brunnen auf dem Anger
Rauscht sein ewig junges Lied,
Und ein Vöglein singt noch einmal
Eine letzte Melodie.

Fern im Walde ruft das Käuzchen,
Schauerlich ertönt sein Schrei,
Mahnen will es uns ans Ende,
Wenn der Erdentraum vorbei.

Aus den Auen steigen Nebel,
Formen sich gespenstig-wild,
Hinter'm Walde steigt der Mond auf,
Und beleuchtet dieses Bild.

Schweigend sitzen wir beisammen,
Schauen auf zum Sternenzelt,
Gott, wie gross ist Deine Stärke,
Der Du lenkest diese Welt.

Unter Deinem starken Willen
Geh'n wir alle unsern Weg,
Bis wir dann ins Jenseits schreiten
Über Deinen Himmelssteg.

Herbst

Kleiner wird der Sonnenbogen
über uns am Himmelszelt,
Kürzer werden auch die Tage,
Denn der Herbst zieht in die Welt.

Kühle legt sich auf die Nächte,
Nebel senken sich in's Tal,
Und am schwarzen Firmamente
Ziehen Schnuppen ihre Bahn.

Auf den Feldern, in den Gärten
Überall man emsig schafft,
Und der goldene Erntesegen
Wird vereint nach Haus' gebracht.

Und daheim im trauten Kreise
Sitzt man dann bei Weib und Kind;
Omama erzählt Geschichtchen,
Die zwar alt, doch schön stets sind.

Und ein süßes, stilles Ahnen
Geht von diesen Stunden aus,
Und erinnert uns an Tage,
Die schon längst vorbeigebraust.

Aber nicht nur bei den Pflanzen
Gibt es diese Segenszeit,
Auch in unser'm Erdenleben
finden wir den Herbst bereit.

Und in dieser Zeit des Lebens
Sich der Mensch zu ruhen weiß;
Und er merkt den Sinn des Wortes:
"Segen ist der Mühe Preis".

Möge nur der Herbst des Lebens
Sonnig sein zu jeder Zeit;
Denn dann wird der Mensch mit Frieden
Ziehen in die Ewigkeit.

Kurt

Winter

Nun liegt die Welt im Frieden,
Bedeckt mit Schnee und Eis,
Der Winter ist hinieden,
Das Land ist blütenweiss.

Die Flocken fallen nieder,
So leise und so sacht,
Sie hüllen Flur und Felder
In ihre weisse Pracht.

Wie lauter kleine Zwerge,
So seh'n die Tannen aus.
Und erst die Gartenpfähle,
Wie schau'n die drollig aus.

Der Winter hat doch jedem
Zur Pracht und Zierde jetzt,
Ein Mützchen weich aus Federn
Schön auf den Kopf gesetzt.

Und erst der Wald, oh seht nur
Schaut wie verzaubert drein.
So muss wohl auch die Landschaft
Im Märchenlande sein.

Der Winter ist ein Meister,
Er bauet über Nacht
Figuren und auch Brücken
Als eine wahre Pracht.

Das Auge wird nicht müde,
Dies alles anzuschau'n,
Und oftmals ist es einem,
Als wandle man im Traum.

Doch über all dem Schönen
Vergesst die Vögel nicht,
Und streuet ihnen Nahrung,
Damit sie hungern nicht.

Und wenn ihr dann im Sommer
Durch Flur und Felder zieht,
Dann werden sie's euch danken,
Mit ihrem hellen Lied.

Kurt

20

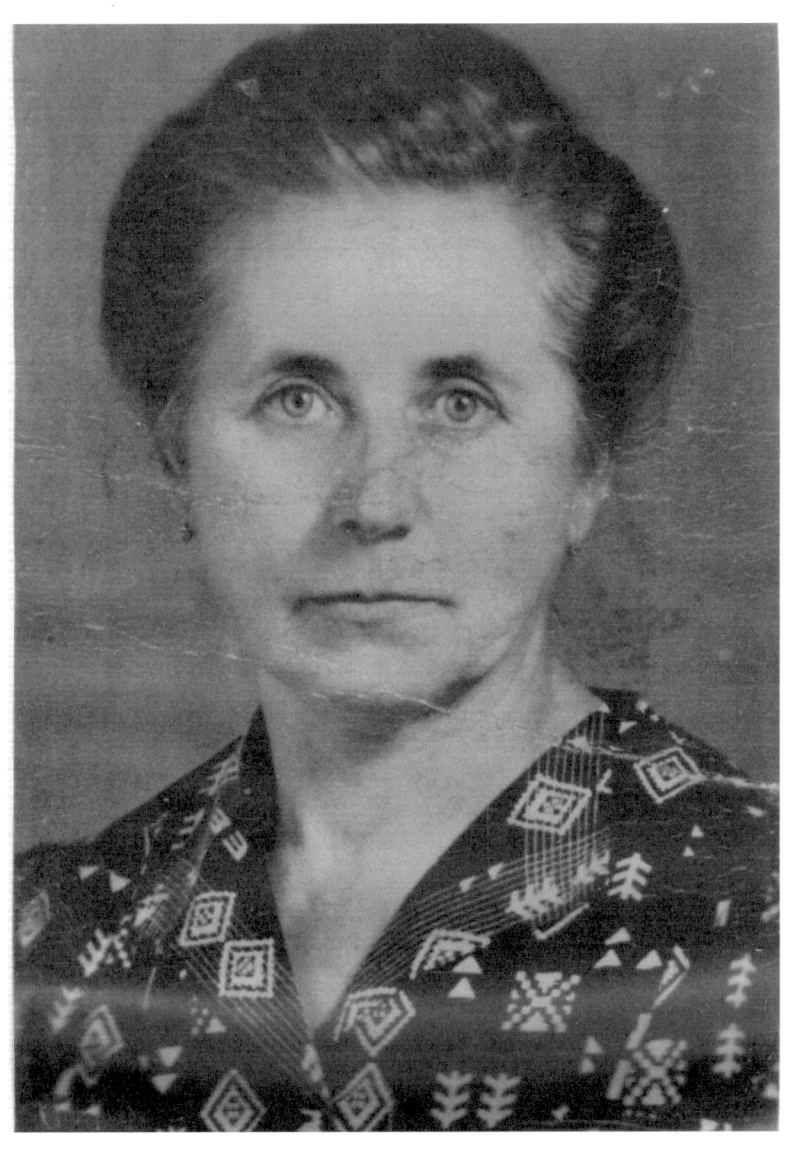

"Dort liegt der sowjetische Waldbunker!"

Spähtrupp in Finnlands Urwäldern

... ist der Soldat an der karelischen Front

...einem kreuzweisen Stringverläßt Deckung hervor, den Maiken...
...er über dem Stahlhelm, das Gewehr im Anschlag und zu den...
...aufgerüstet, um den Gegner im Nahkampf zu überwältigen...

...ehr Schützen in dem tiefen Moos und Strauchwerk...
...Waldes. Die Söhne Suomis erweisen sich als unmittelbar...
...t in der Ausnützung des Geländes beim Herankriechen...
...m Feind. Jeden Baum bietet Schutz und Deckung...
...t der karelischen Gegner, der sich in den Bäu...
...versteckt hält oder aber aus dem Buschwerk her...
...den deutsch-finnischen Stoßtrupp mit einem wilden...
...ngel überfällt. Das Bunkervorfeld ist jetzt erreicht

Der dem feindlichen Bunker vorgelagerte
Wald muß von unseren Pionieren erst in
Brand gesetzt werden, um ein direktes
Schußfeld für Infanteriewaffen zu schaf-
fen. Nunmehr können die Bunkerschar-
ten unter Feuer genommen und zuge-
deckt werden. Gleichzeitig wird dem Be-
funktürst ser gehaltbne Losungen zu liefer
gegangen und seine Besatzung nach kur-
zem, hartnäckigem Gefecht überwunden.

Alle Aufnahmen Pk-Weiss

34

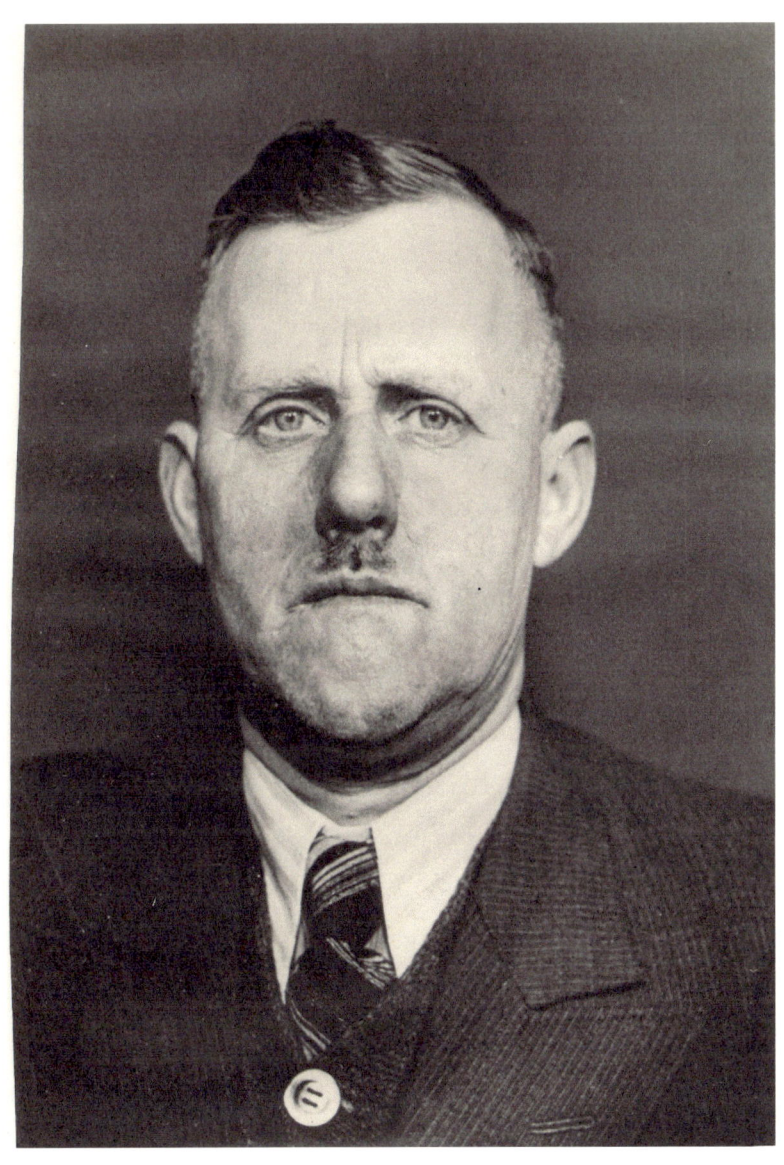

40

50

Weihnachtsgruß

Der deutschen Feste allerschönstes
Ist wohl das liebe Weihnachtsfest,
Wo alles wieder sich versöhnet,
Wo man die Sorgen fahren lässt.

Zu diesem Fest ist man sich einig,
Man tauscht die Liebesgaben aus,
Und überall erstrahlt der Christbaum
Im grössten, wie im kleinsten Haus.

So manchen, der schon hoch im Alter
Ergreift dies Fest im Innern sehr,
Er denkt an seine Jugendjahre
Die schöne Zeit, sie kommt nicht mehr.

Man schenkt auch gern den lieben Freunden
Ein kleines Stückchen nur zum Dank,
Es soll die alte Treue stärken
Und bannen jeden Streit und Zank.

So wollen auch wir zwei es halten,
Die wir so treu zusammensteh'n,
Du lieber Ösker nimm die Gabe,
Damit soIlst Du die Treue seh'n,

Die ich Dir immer halten werde,
Ich schwör es Dir aufs Neue heut',
Uns bringet niemand auseinander,
Wir zwei sind eins in Ewigkeit.

Ich wünsch' Dir fröhliche Weihnachten
Für heut' und alle Zeiten fort,
Und wenn Dein Weihnachtsbaum erstrahlet,
Dann denk' einmal an Deinen Kurt

Jahreswende

Unaufhaltsam naht die Stunde,
Naht der große Augenblick,
Und des alten Jahres Runde
Nähert sich dem letzten Stück.

Froh gestimmt sind wir beisammen,
Und die Lieder klingen hel1,
Einer singt die "Post im Walde",
Und der and're „Bayrisch Zell".

In der Runde kreist der Becher,
Vollgefüllt mit edlem Punsch,
Voll mit Backwerk ist der Teller,
Herz; hast du noch einen Wunsch?

So vergeht die Zeit im Fluge,
Und mit jeder Viertelstund',
Steigt die Stimmung ungebunden,
Gibt von Lust und Freude Kund'.

Doch in aller Lebensfreude
Hält man ein und schaut zurück,
was das alte Jahr gebracht hat,
Liebe, Freude, Leid und Glück.

Mancher Freund ist fortgegangen,
Nimmermehr kehrt er zurück;
Aus sind seine Erdenträume,
Aus sein ird'sches Lebensglück.

Was das alte Jahr auch brachte,
War es Leid und war es Freud',
Denkt noch einmal dran mit Liebe
Und dann kehrt zurück zum Heut'.

Aber vorwärts eilt der Zeiger,
Unaufhaltsam rinnt die Zeit,
Kaum sind es noch fünf Minuten,
Nicht mehr lang, dann ist's soweit.

Jetzt noch zweie, nun noch eine,
Da ertönt der erste Schuß,
"Prosit Neujahr", Liebe Freunde,
Euch gilt heut' der erste Gruß,

Hebt die Gläser, stoßet an,
Und laßt uns fröhlich sein.
Das neue Jahr, es hat begonnen,
Wir schreiten stolz hinein.

Bleibet immer gute Freunde,
Stehet fest in Not und Leid,
Dann werdet ihr das Schicksal meistern
In guter, wie in schlechter Zeit.

Kurt

Abschiedsgruß an unsere liebe Charlotte

Ach nun musst Du von uns scheiden,
Wohl für immer gehst Du fort,
Möge Gott Dich stets begleiten,
Wo Du gehst, an jeden Ort.

Oft genug hast Du bewiesen,
Dass Du fleissig bist und rein,
Und mit unsern besten Grüssen
Gehst Du von uns, gehst Du heim.

Heim zur Mutter führt Dein Weg Dich,
Die Du lange nicht geseh'n,
Und dass Du Dich heim gesehnet
Können wir recht gut versteh'n. .

Und so ziehst Du nun von dannen,
Ach der Abschied fällt Dir schwer,
Denn Du gehst von treuen Freunden,
Die Du siehst wohl nimmermehr.

Und wenn dann in Deiner Heimat
In dem Forst das Waldhorn schallt,
Oh, dann denke gern und freudig,
Hier an uns im grünen Wald.

Kurti

Dem Meckerer

Mein Freund, was mußt du immer meckern,
Ein jedes Ding ist dir nicht recht,
Und ist es noch so sehr erhaben,
Du findest immer etwas schlecht.

Nichts, gar nichts ist dir recht zu machen
Dir liegt's wohl schon im Blute drin,
Nur für die eigenen Int'ressen
Da hast du stets Verstand und Sinn.

Doch eines lasse dir gesagt sein,
Du hältst nicht auf das Rad der Zeit
Und änderst nichts am Weltgeschehen,
Drum hab' ein Einsehen, sei gescheit!

Und füge dich der Weltenordnung,
Tritt ein in uns 're gleiche Bahn!
Denn einmal lebst du nur auf Erden,
Und dies sollst du als rechter Mann.

Kurt

Unserem lieben, unvergesslichen Vater

Es war ein schöner Maientag
Im Jahre achtundsiebzig (1878)
Der Tag, an dem Du, Vater mein
Das Licht der Welt erblicktest.

Die Tage Deiner Jugendzeit,
Sie waren schwer und hart,
Du mußtest kämpfen mehr und mehr,
Doch dadurch wardst Du stark.

Die Zeit der Jugend zog vorüber,
Ein Jüngling ward aus Dir,
Mit Freunden tratst Du jetzt ins Heer,
Tatst Deine Pflicht auch hier.

Entlassen kaum, kamst Du zurück
Als Unteroffizier,
Und gründetst ein Familienglück,
Ein Segen ward es Dir.

Doch abermals rief Dich die Pflicht,
Für Deutschland Ruhm und Ehr'
Zu kämpfen zogst Du in den Krieg,
Für Vaterlandes Wehr'.

Und als vom Feld Du heimgekehrt,
Traf Dich das Schicksal schwer,
Die teure Gattin ging dahin,
Sie kehrte nimmermehr.

Du hieltest durch mit Deinen Kindern,
Es musste ja so sein,
Gabst ihnen eine neue Mutter,
Sie fügte sich darein.

Sie ging mit Dir durch Not und Leid,
Stand stets an Deiner Seite,
Verleumdet oft und oft verlacht,
Ihre Pflicht tut sie noch heute.

So gingen denn die Jahr' ins Land,
Es kam der große Schmerz,
Du gingst für immer von uns fort,
Uns blutete das Herz.

Wir standen stumm an Deiner Bahre,
Du sahest uns nicht mehr,
Uns allen fehlst Du lieber Vater
Wir liebten Dich so sehr.

Nach Deinem Vorbild woll'n wir leben,
Du sollst uns Mahner sein,
Und wenn wir einst die Augen schließen,
Dann zieh'n wir zu Dir ein.

Du warst getreu bis in den Tod,
und fleißig fort und fort,
Dies Lied, es soll ein DENKMAL sein,
Es schrieb
                    Dein treuer Kurt.

Am Grabe des Vaters

Andächtig schaue ich hernieder
Auf diese kleine Ruhestatt,
Wo man dich guten treuen Vater
Zur letzten Ruht gebettet hat.

Ein kleines Fleckchen voller Blumen,
So schlicht und schön zurechtgemacht,
Und drüber brausten Sturm und Regen,
Vorbei zog Tageslicht und Nacht.

So steh' ich nun und hör' dem Singen
Der lieben kleinen Vögel zu;
Mir ist, als hört' ich in dem Klingen,
Auch du, auch du kommst einst zur Ruh'.

Mein Blick schweift weit hinaus zur Ferne,
Zu all den Bergen, grün und schön,
Oh könntest du, wie einst so gerne
Mit mir noch dort spazieren geh'n.

Was waren das für nette Stunden,
Wo ist sie hin, die schöne Zeit,
Vorbei ist sie, und längst entschwunden
Mit aller Lust und Herrlichkeit.

Wohl gibt's auf unserm Erdenballe
Der Freuden viel in der Natur,
Doch für dich könnt' ich lassen alle
Denn e i n e n Vater hat man nur.

Doch leider ist dies nur ein Sehnen,
Zurück kehrst du doch nimmermehr,
Auch daran muß ich mich gewöhnen,
Und fällt es mir auch noch so schwer.

Gar manches hat sich hier geändert,
Seitdem du gingst, du treues Herz;
Geflossen sind so manche Tränen,
Doch warn's nur Tränen, nicht das Herz.

Das ist nicht meine Art zu klagen,
Ich hab' nicht so um dich geweint,
Ich tat, was du mir aufgetragen,
Wenn's auch nur still und klein erscheint.

Ich werde immerfort bemüht sein,
Der Mutter treulich beizusteh' n,
In guten wie in schlechten Tagen,
Werd' ich an ihrer Seite geh' n.

So tu' ich deinen letzten Willen.
Als eine Selbstverständlichkeit.
Ich muß den Dank für das erfüllen,
Was du getan zu Lebenszeit.

Und wenn zu Ende geht mein Leben,
Dann werd' ich steh'n zu meinem Wort.
Es wird erfüllt sein, und ich trete
Vor dich wie einst als treuer

Kurt

Der lieben Mutter

Ganz leise fällt der Schnee hernieder
und deckt die Erde zu,
mit einem weissen Blütenkleide,
Die Pflanzen geh'n zur Ruh'.

Da naht so heimlich still and leise
das 1iebe Weihnachtsfest,
Und manche alte liebe Weise
Klingt auf zu diesem Fest. ,

Und endlich, endlich naht die Stunde,
Die man so lang ersehnt
Das Christkind gehet seine Runde,
Sein Weihnachtshorn ertönt.   '

Und auch zu Dir, Du liebe Mutter,
Zu Dir kommt es auch heut',
Es bringet manches gute Stück,
Das Dich gewiss erfreut.

Nimm hin die Sachen und sieh' darin
Den Dank für all Dein Tun,   .
Ich will Dir hier nur das vergelten,
Was Du getan für uns.

Und wünschen tu ich alles Gute
Dir für Dein ganzes Leb 'n,
Oh mögest Du noch viele Jahre
In uns'rer Mitte geh'n.

So feiert nun das deutsche Christfest,
Geniesst die schöne Zeit,
Und mein Geschenk von Euch soll sein
Die Treu' und Einigkeit.

Wenn stetig Ihr zusammensteht
Dann kommt Ihr immer fort,
Dann wird der Herrgott zu Euch steh'n,
Und ich bleib'
                    Euer Kurt.

Mein lieber Molk zum Geburtstag 1982

Mein lieber Molk, Du weißt, ich wollte nicht mehr schreiben,
Im Kriege schrieb ich mir die Finger wund,
Es war das einz'ge Band in großen Weiten
Für unseren jungen Ehebund.

Auch das verging, die Heimat sah mich wieder,
Die Feder legt' ich aus der Hand.
Doch nur für kurze Zeit, dann treib mich wieder
Das stille Glück, das uns verband.

So brachte ich im Lauf der vielen Jahre
So manche Dankesworte zu Papier,
Auch heute möchte' ich so verfahren:
„Mein lieber Molk, ich danke Dir".

Ich danke Dir für all die schönen Jahre,
Für all die Liebe, die Du mir geschenkt.
Im Leben ist doch uns das einzig Wahre,
Wenn ein getreues Herze uns bedenkt,

Und wenn das schöne, das sich offenbart,
Sich unseren Sinnen Trost und Freude zeigt,
Die Liebe, die sich unser Herz bewahret
Das Glück des Himmels sich uns neigt.

Dann spüren wir in unserm kleinen Leben
Wie groß die Liebe Gottes ist
Wie im Verzeihen und Versöhnen
Die Ewigkeit die Seele misst.

Wir waren nur ein kleines Körnchen im Getriebe
Auf dieser großen, weiten Welt,
Wir wünschten uns nichts weiter, als ein wenig Liebe
Und wussten , dass sie nicht vom Himmel fällt.

An jedem Tag, in einfachen Gebärden
Da spürten wir, was uns verband,
Im Großen und im Kleinen waren wir Gefährten
Zwei „Kumpel" gingen Hand in Hand.

Die Jahre sind dahin entschwunden
Ein friedvoll Dasein neigt sich seinem Ende zu,
Wir denken dankbar an die schönen Stunden
Genießen voller Frieden uns're Ruh'!

Wenn abends wir im Garten weilen
Und schauen auf zum Himmelszelt
Die Sterne auf uns niedersehen
Ihr Friede auf uns niederfällt.

Ist das nicht alles Glück der Erde,
So klein und doch so wunderschön,
Ein ewig Auf und Ab, ein Stirb und Werde,
Wer das erlebt, wird ew'ge Fernen seh'n.

So wollen wir an Deinem Jubeltage
Die Hände falten, wie zu jeder Zeit
Und danke uns'rem Schöpfer sagen
Für Friede, Glück und Einigkeit.

Mög' er es geben, dass ich noch viele Jahre
An Deinem wiegenfest zum Dichter werde,
Du liebes Herz verdienst das einzig Wahre
Du müsstest ewig sein auf dieser Erde.

So wirst Du nun schon einundsiebzig, (man glaubt es kaum)
Es gratuliert durch mich das ganze „Köhler Volk"
Von Herzen wünschen wir Dir alles, alles Gute
Bleib froh, gesund, bleib immer
                                        Unser Molk

Zur goldenen Hochzeit

Mutter und Vater, ihr habt
   gold'ne Hochzeit,
weil ihr 50 Jahre zusammen
   nun seid,
ihr teiltet euch Freude und
   Kummer und Leid,
eure Kinder die danken dies
   alles euch heut.

Zwei große Söhne, die habt ihr
   nun heute,
und Enkel und Halbtöchter,
   ach welche Freude,
wir sind all' zusammen, sind fröhlich
   und feiern,
dies sind schöne Stunden, die uns
   alle erheitern.

Geburtstag 17.März 2001

Lieber Vater,

Deine Lenze zählen nun eine 3 nach der 8,
Du hast in all den Jahren so viel gemacht.
Es ging bei Dir rauf, aber oft auch runter,
schön ist's, daß Du heut' bist so putzmunter.

Sorgen haben wir uns um Dich auch gemacht,
mit Deiner Hüfte, doch es wär' ja gelacht;
Du bist so tapfer, hast schon viel ertragen,
wenn Du nicht hättest auch fröhliche Tage.

Gesundheit, Frohsinn, Traurigkeit und Mut,
dies alles gehört zu Deinem Leben dazu.
Eines sollst Du wissen, Du bist nicht allein,
ob zu zehnt, zu fünft, zu siebt oder zu drein.

Sei stark und mutig und geh' mit uns weiter,
Du brauchst nicht zu zittern auf Deiner Leiter.
Wir halten uns gegenseitig, damit keiner fällt
und sich jeder wie früher gern zu uns gesellt.

Du kannst uns erzählen von früheren Zeiten,
wir werden Dich auf diesem Weg begleiten.
Wir wissen, Du denkst oft auch an Mutter,
sei sicher, sie winkt und ruft: Alles in Butter!

Sie wird sagen, macht in meinem Sinne weiter so
esst, trinkt, seid zusammen, feiert und seid froh.

Deine Kinder